KB023955

편향의 곧은 나무

편향의 곧은 나무

■

김수상 시집

한티재

시인의 말

천 길 절벽에 길을 내는 '잔도공'棧道工을 보았다

자기의 몸을 밧줄 하나에만 의지하여

허공과 잇대어진 절벽에 길을 여는 사람들,

바위에 구멍을 내고 철근을 박아 길의 뼈대를 만든다

그들은 일을 할 때

다른 생각을 하지 않는다고 한다

걸어갈 때도 발을 헛디디지 않게

앞만 보고 걷는다고 했다

등허리가 땀으로 흥건했다

캄캄한 밤중에 언어의 불을 밝히며

천 길 절벽에 길을 내는 사람,

시인의 일이 그것과 무엇이 다를까

두 번째 시집을 내놓는다

부실한 잔도를 만들어서

형편없는 일꾼이라는 소리를 들을 것 같다

그래도 당신이 나의 시를 의지처로 삼아

잠시 잠깐 환해졌으면 좋겠다

차 례

제2부

제3부

제4부

제1부

적빈赤貧

1

봄날 아침, 깨어보니 눈에 실핏줄이 터졌다

흰자위가 붉었다

바람 쐬러 간 자리에 홍매화가 떼거리로 피었다

붉은 눈에 다시 붉음이 앉아도 꽃 떼는 명징했다

오래 메마른 것들의 실핏줄이

한꺼번에 터진 것이다

가난이 가난을 토해내며

가난에도 끝장이 있다는 것을

여실히 보여주고 있었다

2

가스통 바슐라르 선생은 로댕을 보고 "그는 내부의 윤곽들을 바깥으로 밀어낸 사람"이라고 했다 오늘 본 홍매가 그러하였다 오래 머금고 있던 내부의 윤곽을 한꺼번에 바깥으로 자꾸 밀어내고 있었다

3

모든 상징은 덧없어라

아직도 시를 모르는 내가, 시를 더 모를 때에는

꽃을 얼마나 팔아먹었던가

지금도 막히면 꽃이다

꽃아, 미안하다

목젖이 붉은 가난이여, 내가 엄청 잘못했다

개인적이란 말

라디오를 듣거나 텔레비전을 보면, 잘 차려입은 사람들이 나와서 개인적으로, 개인적으로, 하고 말했다 그 말이 거북의 등처럼 듣기에 거북하였다 내가 보기에는, 하고 쓰면 되는 말을, 마치 자기가 아주 커다란 집단의 우두머리라도 되는 것마냥, 그 높으신 신분과 지체와 영광과 찬미를 제쳐 놓고, 초라한 신세로 돌아와 말을 하는 것 같은 기분이 들기 때문이다 나는 이 가방을 '개인적으로' 좋아한다, 나는 이 음식을 '개인적으로' 싫어한다, 개인적이라는 말을 자세히 들여다보니, 화려한 궁궐에서 온갖 사치와 허영을 부리던 여왕이 그것들에 싫증이 나서, 일부러 허름한 골목을 개처럼 쏘다니고 싶어 내뱉은 말 같다 '개인적으로'라는 말은 언제든지 자기만의 궁궐로, 안락한 침대로, 돌아갈 수 있다는 말이다 돌아갈 곳이 없는 사람들은 '개인적으로'라는 말을 쓰지 않는다 머리에 든 것도 없이 지체만 높은 사람이 쓰는 말 같다 개인적, 개인 척

이름을 걸다

봄날의 下午가 하도 지루해서

시내 한복판을 대낮에 돌아다녔다

이름,

이름을 건 간판이 많았다

이름을 건다는 건 목숨을 걸고

시퍼런 생계의 강을 혼자서 건넌다는 뜻

내 목이 여기 걸려 있다는 표식이다

어떤 이름 앞에는 줄을 서서 기다리는데,

어떤 이름은 적막하였다

대충 쓴 시들이 생각났다

아무도 찾지 않는 가게에

녹이 슨 간판만 덩그러니 남은 것처럼

시에 건 내 이름 참 시들했겠다

품고 살다

바퀴벌레의 암컷은

단 한 번의 교미로 수컷의 정액을 받으면

평생을 반복해서 수정할 수 있다고 한다

죽을 때까지 정액을 몸 안에 품고 살면서

마음만 먹으면 새끼를 까는 것이다

시를 몰라 겁이 없던 한때,

바퀴벌레 암컷 같은

시 쓰는 기계가 되어 보겠다는

마음을 먹은 적이 있었다

지금 생각하니 기가 찬 일이지만

품고 살면,

아니 될 것도 없겠다는

생각을 하기도 하였다

세상의 음을 보다

동네 앞 낮은 산을 오르다 보았다 뿌리에서 줄기, 줄기에서 다시 두 가지로 뻗는 그곳에 여자의 음부陰部를 그대로 닮은 자국이 있었다 지나가는 어떤 싱거운 놈들이 다시 후벼 팠는지 음부는 본래의 모양보다 더 움푹 패어 있었다 하나에서 둘을 낳을 때 생긴 상처라고 생각하였다 줄기에서 가지, 가지에서 다시 잔가지로 뻗는 나무의 계통은 맨 처음의 줄기에서 생겨 나온 것이다 나의 할머니의 할머니, 또 그 할머니의 할머니의 음부도 저랬을 것이다 이윽고 흔들리는 잔가지, 음부를 곁눈질로 바라보았다 여자는 태어나서 늙어 죽을 때까지 세로로 벌어져서 닫히지 않는 상처 하나를 간직하고 산다

샵#에 대하여

언어에도 태도가 있다 어느 유명한 철학자의 글을 읽다가 문득 생각했다 문법대로 쓰지 않는다고 나무랄 일은 아니다 몇몇 문자들을 생각했다 〈~했다능〉 〈~했어욤〉 〈정신 엄따〉 〈넹〉 따위들, 문자도 반음을 올라타니 귀여움이 더해진 것이다 언어에 색채를 입히는 일이 꼭 잘못된 것만은 아니다 문자 하나를 살짝, 들어 올려 반올림했을 뿐인데, 보는 눈과 듣는 귀가 이리도 즐거워졌다 신시사이저synthesizer, 비로소 종합하는 문장이 태어난 셈이다 세상이 하도 딱딱해서 미치지 않고는 배기지 못할 때는 화성학을 음향학이 좀 대신하게 해줘도 된다 반올림 소리 하나가 마음 하나를 들었다 놨다 하는 것이다 문법학자들과 상관없이 나는 요즘 말에다가 모양이나 태도를 입히는 일에 대해 고민 중이다

관음觀淫에 대하여

여름 소나기가 한바탕 쏟아졌다

백일이 안 된 백일홍을 비가 거둬 가고 있었다

비가 그치니 생리혈 냄새가 났다

음淫 쪽으로 관觀이쏠렸다

觀했을 뿐인데, 냄새까지 따라온 것이다

올 것이 온 것이지만

觀은 아직 먼 것이 분명하다

낚시의 포인트는 수초가 우거진 곳에 있고

관자재보살의 포인트는 觀에 있다

심안心眼이 음란淫亂을 觀할 수 있으면

이제 다 된 것이다

홍아, 붉을 홍아,

비루鄙陋를 씻다

목욕탕에 갔더니,

자투리 비누를 으깨어 수북이 담아 놓았다

그것을 다시 모아 비누를 만든다고 했다

잠시,

비루한 나의 생도 미끄덩, 지나간다

얇아지고 닳은 생들이 한데 모여

또 풍성한 거품을 이룩할 것이다

파멸이 맑았다

다시, 희망이 생겼다

몰려와요 몰리에르

몰리에르 나는 당신을 몰라요 그냥 몰리에르, 하고 부르고 싶은 밤이었을 뿐이에요 몰리에르 기별도 없이 당신이 몰려왔어요 그때 송곳니 두 개도 함께 따라왔던 것이죠 송곳니와 함께 호랑이도 따라왔고요 몰리에르, 서커스를 하던 조련사의 목을 문 호랑이는 벵골의 호랑이라는데 벵골이 어디인지 나는 몰라요 그저 그 호랑이가 살았던 어떤 골짜기라 짐작하는 것이죠 몰려와서는 당신이 만든 배역들을 내게 구입하라고 권했지만 배역들의 수많은 상대역들은 더욱 외로워지겠죠 몰리에르 오늘 몰려온 것들은 호두알처럼 단단했는데요 나도 문득 내가 조련한 것들이 내 목을 물어뜯을지도 모른다는 제법 쓸모 있는 생각을 하게 되었어요 내가 본 호두알 속 무늬는 호랑이 무늬처럼 알록달록했어요 몰리에르, 잠은 단단한데 꿈은 호두알처럼 틀어박혀 물러가지 않네요 나는 몰라요 몰리에르

싹수

작은 화분의 꽃들이 다 죽었다

물을 너무 많이 주었다고 했다

화분의 흙을 버리기 아까워서

큰 화분으로 흙만 한데 모았다

이른 봄, 보험회사에서 보내온

개양귀비 씨를 그곳에 뿌렸더니

푸른 혀들이 돋아났다

어라, 그해 봄에는 나에게도

아직 시건*이란 놈이 남아 있어

싹수가 영,

노랗지는 않았던 모양이었다

* '철'의 경북 사투리. 시건이 들다(철이 들다).

말다

치매병실에서 보았다

가죽만 겨우 남아서

태아처럼 몸을 말고 있는

어느 할머니,

태어날 때도

저런 모습이었을 것이다

벚꽃이 활활 지고 있었다

지고 있는 모습이

막 피어날 무렵의 모습과

똑같았다

빛 우물

여름 산을 오르다 보았다

길엔 맑은 햇빛

바람이 불자

나뭇잎 그림자가 햇빛 위에

흔들, 했다

그늘이 움직이자

햇빛의 차원이 달라졌다

비로소 솟아나는 빛의 우물

그늘이 없는 생은

증상이 없는 환자와 같은 것

나머지 행은

여름 산을 며칠 더 걸어본 후에나

쓰기로 하였다

마음에 대하여

플라이 낚시라는 게 있다

그 낚시의 원칙은

고기를 잡으러 가는 게 아니라,

고기를 만나러 가는 것이라고 했다

날카로운 미늘도 없단다

상처내지 않고 다시 풀어준다고 한다

마음아, 내가 얼마나 널 잡으려고 했던가

마음잡으라는 말을 얼마나 들었던가

마음은 잡는 게 아니고

만나러 가는 것이다

번쩍이는 비늘, 퍼덕이는 생몸을 그냥

만나러 가는 것이다

웃음에 대하여

1

새총으로 새는 잡지 않고, 아파트의 유리창을 박살낸 어느 남자의 얘기를 뉴스에서 들었다 아파트 사람들은 느닷없는 총알의 방문에 깜짝 놀랐을 것이지만, 나는 고무줄 안의 쇠구슬을 생각하였다 쇠구슬이 어떻게 총알이 되는가, 고무줄, 다 고무줄 때문인 것이다 남자는 표적을 정하고 표적에 닿을 힘만큼 자기 쪽을 향해 고무줄을 당긴다 날아가는 쇠구슬, 쨍그랑, 세상에나, 파문이 인다

2

눈알을 거꾸로 박고 웃음을 살펴보았다 슬픔 쪽으로 웃을 만큼만 당겼다가 탁, 놓아주니 웃음이 웃는다 웃음은 슬픔의 고무줄이 쏘아올린 쇠구슬이다 부딪힐 때까지 웃음은 아직 슬픔의 쇠구슬이다 남자의 총알이 아파트 유리를 깨뜨린 것처럼 슬픔은 어디로 날아가 무엇을 깨뜨릴 것인가 날아가 깨진 자리에 어떤 웃음이 쨍그랑, 피어날 것인가 생각에 물들지 않을 자리로 슬픔의 쇠구슬 날아간다

人生

산을 뚫는 터널공사를

목숨을 걸고 반대하며 싸우다가

터널이 뚫리자

아, 정말로 빠르네,

감탄하며

쏜살같이 지나가는 것

어쩌면 참, 웃기는 것

시 쓰는 사람

집요, 사자가 누의 목덜미를

악착같이 물고 절대로 놓지 않는 것

집착, 누 떼를 놓쳤으나

누의 피와 살의 냄새를 그리워하는 것

집요는 열중熱中,

집착은 열병熱病,

시인은 열병을 열중해서 앓는 사람

사자는 누가 숨을 다할 때까지

목덜미에 박은 송곳니를

뽑을 줄을 모르네

송 여인 이야기

송 여인이라는 사람이 어린 아들을 죽였다며 20년형을 선고한 사건이 미국에서 일어났어 1987년의 일이야 3심을 거쳐 2급 살인죄를 확정받기까지 송 여인이 무고하다고 주장하는 사람은 아무도 없었지(얼마나 외롭고 무서웠겠니) 통역도 없이 법정에서 서툰 영어로 자기를 변론했대(얼마나 막막했을까)

그런데 살인죄를 선고한 까닭이 기가 막히지 자식의 죽음을 마주한 송 여인이 넋을 놓고 있는데 경찰이 온 거야(얼마나 경황이 없고 비통한 상황이었겠니) 아이의 엄마는 경찰이 보는 앞에서 가슴을 치며 통곡했대 "이 애는 내가 죽였어, 내가 죽였어, (내가 못나서) 내가 아이를 죽인 거야!" 경찰은 이 말을 듣고 송 여인을 현장에서 체포했어

어찌할까, 이 不立文字의 첩첩疊疊한 유전遺傳을

(불행 중 다행으로, 이 사건을 안타깝게 여긴 우리 교민

들과 아시아 국가의 여성회가 힘을 모아 후원회를 만들어 석방운동에 나서서 송 여인은 사면을 받고 출소됐다)

치한이 살고 있다

이틀 내리 내린 소낙비에도 우리 아파트의 백일홍은 꽃을 매달고 있었어요 기특한 마음에 사진을 좀 찍어주려고 속옷 바람으로 스마트폰을 내밀었더니 꽃나무 바로 옆, 테니스장에서 공을 치다가 모자 벗고 하늘을 올려다보며 땀을 닦는 아주머니, 저를 보더니 옴마얏! 하네요 그 소리가 하도 커서 엉겁결에 저도 깜짝 놀라 숨어버렸는데, 숨어서 빼꼼, 다시 보니 그 아줌마 우리 집 층수를 손가락으로 하나하나 세고 있네요 딱 걸렸어요 어떡해요 이제 어쩌면 좋아요

천화遷化

'천화'라는 죽음이 있대요 멋지게 죽는 방법이지요 죽을 때가 됐다 싶으면, 바람조차 모르게 나무꾼도 가지 않은 길을, 아무도 가지 않은 길을 찾아가지요 가다가 나뭇가지를 만나면 나뭇가지를 꺾어다 덮고, 눈이 있으면 눈을 끌어다 덮고, 풀잎이 있으면 풀잎을 이불 삼아 덮는 거예요 흔적도 없이 그렇게 아무도 알지 못하는 죽음을 마중하러 가는 겁니다 스님들은 그 죽음을 제일로 쳤다고 하는데, 그렇게 죽은 자리엔 율무가 돋았다고 해요 율무 열매로 만든 염주에 싹이 나서 다시 율무가 된 것이지요 참, 폐 끼치지 않는 죽음이에요 깔끔하고 깨끗한 죽음의 자리에 어이쿠, 스님, 천화라는 큰 불 들어갑니다

Event horizon

1

며칠 전 신문에서 보았다

지금까지 내 삶은 통째로 블랙홀 안에 갇힌 듯

늘 캄캄하고 암담하였다

헐,

그런데 스티븐 호킹이

'블랙홀에도 출구가 있다'는 것이 아닌가

"블랙홀에 물체가 빨려 들어갈 때, 물체의 정보는 '사건의 지평선'event horizon에 저장된다"는 것이다

또 호킹은 "블랙홀은 생각만큼 검지도 않고, 영원한 감

옥도 아니다"며 "블랙홀에 들어간 물체는 블랙홀 바깥의 다른 우주로 나올 수 있다"고까지 하였다

2

문득 생각하였다

죽으면 다일 줄 알았던 많고 많은 나의 사연은

블랙홀의 경계선인 '사건의 지평선'에

고스란히 남아 있을 것을 생각하니

앞으로 사는 일이 참 따가울 것 같았다

하지만 출구에서 빠져나온들 무엇 하나

내가 죽어 내 삶을 방출하면 모두가

검고 어두운 찌꺼기들이어서 다 쓸모없는 것들일 텐데

아, 그러나

지금부터 잘 살면 되는 것이다

혹시,

사건의 지평선은 마지막에 한 호흡을 방출할지도

모르기 때문이다

그 한 호흡에 내 삶의 간섭무늬가

고스란히 저장되어 홀로그램으로 나타날 것이다

3

지금의 나는, 엄청난 빛을 내며 우주로 방출될지도

모르는 사람,

우주의 한 점 먼지로 와서

마침내 영원의 빛으로 사라질 사람,

부모미생전父母未生前에 나는 그냥 한 점 호흡이었을 뿐

그러니 지금부터 마지막 한 호흡을 위해

살얼음판을 걷듯이 잘 살아야 한다

그 한 호흡은 저녁의 비수匕首처럼 올 것이다

제2부

사랑

뱀의 징그러움과 공포에서 벗어나려면,

뱀을 아예 안 보는 것이 아니라 더 자주 보아야 한다

유튜브에서 뱀을 검색해 동영상을 모조리 다 보았다

큰 뱀이 조금 더 작은 뱀의 아가리를 통째 삼키고 있었다

삼켜지는 뱀의 꼬리가 파르르 떨렸다

그러더니 큰 뱀의 입 안으로 사라졌다

뱀을 삼킨 뱀의 배가 잠시 울컥거린다

사랑아,

나도 너를 저렇게 통째 삼킨 적 있다

그러니 어쩌나

비 내리는 못둑길을 걸으며 갑자기 저 해가 꺼져버리면 어쩌나, 하고 생각하였다 나 하나쯤 길을 잃어서 꺼져버리는 건 괜찮지만 내가 없으면 밥을 굶고, 내가 없으면 월세방에서 쫓겨나고, 내가 없으면 치매병동 병원비를 내지 못할 내 피붙이들을 생각하니 차마 아뜩하였다 나는 나를 생각하며 산 적이 별로 없다 해가 떠도 캄캄하기는 매 한가지여서 해가 실눈을 뜬 그 아침이 조금 밉기도 하였다

편향偏向의 곧은 나무

비탈에 선 나무들을 보았다

오른편의 경사傾斜가 심각하니

왼편의 흙들을 꽉, 움켜잡았으리라

(나는 비탈에 정情이 들어 그 언덕에 오래 머물렀네)

그러면서,

편부偏父인 너를 생각하였다

양쪽에 반찬을 놓은 적이 없었으므로

오직, 한 가지 반찬만 먹는

너의 편식偏食을 생각하기도 하였다

가운데에서 엄마 아빠의 손을 잡고

폴짝폴짝 깨금발을 뛰며 나들이를 가는

아이를 너도 보았느냐,

(괜찮다)

없는 한쪽에도 이제는 같은 키의 풀들이 도탑게 덮였다

비탈에 선 나무들이 바람을 타고 춤을 추고 있다

오른편으로 밀릴 때, 왼편으로 한 뼘 더 뿌리내린다

(굳세게)

오늘 부는 바람은 우리의 편,

바람은 발전하는 경제經濟처럼 불었으리라

사랑

뿌리째 나를 옮겨

당신의 땅에 나를 심는 일,

그 다음 일은

나도 모르는 일

형편形便

봄날,

강이 얼음을 풀어주듯

그렇게 서서히

나아질 거라

믿을 것

그러나

얼음과 물이

통째로 한 몸인 것임을 알고

햇빛에 글썽이며

흘러 흘러서 갈 것

사랑벌레

사랑벌레 수컷은 암컷의 꽁무니에 생식기를 찔러 넣고 꽁무니를 서로 맞댄 채 한시도 암컷을 떠나지 않는다 수컷은 남은 생을 교미 상태로 살면서 암컷이 알을 낳을 때까지 암컷에게 매달려 다닌다 그깟 짝짓기가 뭐라고, 한번 붙으면 떨어질 줄을 모른다 암컷이 밥을 먹고 잠을 잘 때도 수컷은 아무것도 먹지 않고 자지 않는다 암컷이 수컷의 몸에 알을 낳으면 수컷은 점점 더 야위어간다 수컷의 몸이 자궁이 되는 셈이다 자기의 몸을 통째 알에게 내어주고 알들은 수컷의 몸을 통해 세상 밖으로 나오는 것이다 혼자서 아이들을 16년째 기르는 내 운명에 대해 잠시 생각하였다 하나는 벌레이고 하나는 사람이지만 수컷 둘의 운명이 만나서 짝짓기를 하는 순간이었다 반짝, 사랑불이 켜졌다

사랑

공통분모를 만들려면

최소공배수를 구해서 통분해야 한다

통분을 못 했더니

사랑이 분통이 터져서

통분하며 떠났다

왜 이래 안 죽어지노

마르고, 열은 없이 차갑지도 따뜻하지도 않게 휑한 눈초리로, 내의도 입지 않은 채 깃털 이불 속에 누워 있던 소년이 몸을 일으켜 내 목에 매달리며 귀에 대고 속삭였다. "의사 선생님, 저를 죽게 해주세요."

— 카프카, 「시골 의사」 부분

지금 내가 할 이야기는 어느 여자 분에게 들은 이야기다 여자 분의 형제자매들이 아버지의 임종을 지켜보기 위해 고향집에 모였다 아버지의 병석에 둘러앉아 죽음을 기다리고 있는데 글쎄 하루가 지나고 이틀이 지나도 아버지가 돌아가시지 않더라는 것이다 자기의 죽음을 지켜보는 자식들이 안쓰러웠는지 아버지, 한 말씀을 하시는데, "내가 왜 이래 안 죽어지노?" 월차를 내고 객지에서 달려온 여자 분의 오빠는 아버지의 그 말씀을 듣기도 전에 다시 회사로 돌아갔다 죽음을 기다리는 자식들도 자식들이지만 자기의 죽음을 기다리는 아버지는 또 얼마나 지루했을까, 나머지 자식들도 일터로 돌아가는 길 위에서 아버지가 임종했다는 기별을 받았다고 했다 죽음이 죽어지는,

죽어져주는, 생의 저편으로 꺼져주는 순간이었다

구름국을 보다

된장을 묽게 풀어

배춧국을 끓였다

식은 밥을 국에 말긴 말았는데

하늘이 새파랗다

혼자 먹는 밥이 쓸쓸하여서

잠시,

목을 가다듬었다

하늘이 말했다

"나도 오늘 구름국을 좀 끓여서

혼자 말아 먹을 예정이다."

하도 말아먹어서

더 말아먹을 게 없는 내가

조금 덜 쓸쓸하여졌다

늦가을

청어를 먹은 적이 있다

가시가 많았다

하늘 한 모서리가

신경다발을 당겨 감기 시작했다

햇살이 가시처럼 튕겨 나왔다

반가사유半跏思惟 1

종이컵 하나에 공기를 담는다

담고

또 담고

뚜껑을 닫는다

잠시 후,

뚜껑을 연다

종이컵 공기가 허공에 섞인다

본성은 안팎도 없이

이렇게 하나다

반가사유半跏思惟 2

글자는 여백 때문에 생겨나지

우리는 글자만 보고 울고 웃지

하지만,

여백은 결코 물들지 않는 허공

글자를 쓴다는 건

허공에 수만 채의 집을 지었다가

다시 허무는 일

허공의 바탕은 또 다시 허공

그 일은 죽었다 깨어나도

어김이 없네

마지막 일기

"사진관을 찾으러 신 씨와 같이 택시로 시내를 몇 번이고 돌아다녔다. 사진관은 끝내 찾지 못하고 택시비 이만 원만 소비하였다. 신 씨는 말뿐이고 실천은 하나도 못 했다. 사진관을 찾긴 했으나 여자가 하고 있었다. 카메라 작동도 못 하였다. 다시 병원으로 돌아왔다. 두 시간 동안 시내만 돌아다녔다." (2014년 2월 19일 수요일)

相아, 사진관 같이 좀 가자, 하시는데 소리만 버럭 질렀지 꽃샘추위 무렵이었다 "이 추위에 사진관은 무슨 사진요. 날 풀리면 가이시더. 꼼짝 말고 병원에 계이시소." 지랄하는 나를 두고 신 씨라는 분과 함께 가셨구나 마지막 부탁도 결국 나는 못들은 척했다 이 꼴 저 꼴 보기 싫어 꽃 피기 전에 훌쩍, 서둘러 떠나셨겠지

양지 바른 곳에 핀 참꽃은 색이 고운데 그늘에 핀 참꽃은 창백했어요 사방은 꽃 천지, 봄날은 이리 환한데 여기가 저승인 듯 자꾸 물비린내가 나요 아버지, 오늘은 참꽃 그늘에 기대서 좀 울다 왔어요

사색단풍四色丹楓

가을은 四色의 계절

밥 걱정 때문에 울긋

이자 걱정 때문에 불긋

빨래에 묻은 때가 알록

그래도 당신 보면 달록

검은 염소 흰 젖

수염이 자라나는 미녀

가슴이 봉긋해지는 미남

늦은 가을 마른 풀밭에 그들과 나란히 누워

젖을 기다리는 밤

날은 춥고 어두운데

젖이 남산만큼 불은 검은 염소가

흰 젖을 철철 흘리며 오네

염소의 젖은 아직 따뜻한데

산은 은산銀山, 벽은 철벽鐵壁

검은 염소 그 흰 젖을

나는 단 한 줄도 옮겨 쓰지 못하네

문신文身

문文자가 글월 문文인 줄 알았는데, 무늬, 채색, 얼룩이라는 뜻도 있다 상형의 유래를 살펴보니 몸에 문신文身을 한 장정이 떡하니 서 있는 것이 글월 문자였다 호랑이도, 꽃들도, 하물며 꼬물거리는 벌레들도 몸에 무늬를 가지고 태어났는데, 사람만이 왜 몸에 무늬가 없을까, 맨 처음 문신을 새긴 남자는 오래 생각하였을 것이다 남자의 무늬는, 얼룩은, 채색은 어떤 것이었을까 문신을 새기지 못해 남자가 부러웠던 사람들은 자기 몸에 무늬를 새기는 대신, 대나무를 쪼개고, 양의 껍질을 말려서라도 자기만의 문신을 새겼을 것이다 오, 모든 문장은 아픈 문신文身이었음을, 아름다움은 아픔 후에 오는 것이었음을

요구, 욕구, 욕망

마음에 드는 예쁜 여자, 말이 통할 것 같은 여자, 마음에 드는 멋진 남자, 말이 통할 것 같은 편한 남자를 보면, 다음에 밥 한 끼 해요, 술 한잔해요, 하고 〈요구〉한다 그 말 안에 난, 정말 네가 좋아 널 안고 싶어, 라는 〈욕구〉도 들어 있다고 가정해 보자 그런데 그 남자가, 그 여자가 정말 밥 한 끼만 하고 술 한 잔만 하고 헤어지고 만다면 너와 자고 싶어, 너와 섹스하고 싶었어, 라는 〈욕구〉의 말은 그 여자, 그 남자를 상상할 때마다 결핍으로 남는다 그 결핍이 〈욕망〉이다

답答

나 어떡해, 너 갑자기 가버리면

나 어떡해, 너를 잃고 살아갈까

찬물에 설거지를 하며 이 노래를 불렀어요

부르다 문득 이 노래의 답이 생각나더라고요

당신을 잃고 사는 일은

당신을 앓고 사는 일이더군요

그러면 다 되는 일이더군요

알바에 대하여

보들레르가 알바트로스라는 시에서 이런 비슷한 얘기를 했지 하늘을 날 때는 날개가 커서 폭풍 속에서도 끄떡없이 멋있더니, 지상에 유배되어 내려오니 큰 날개가 오히려 걸리적거리고 부리마저 사람들에게 지짐을 당한다고, (나는 시인의 운명에 대하여 생각 중이다) 알바트로스 이 새를 좀 더 알아보려고 인터넷에 검색해 보았다 어쩔, 알바 관련 일자리가 주루룩 뜨네 땅에선 시인이고 지랄이고 간에 목숨을 부지하려면 알바라도 해야 한다는 것을 깨닫고 말았다

고쳐 쓴 편지

언젠가 "나의 꿈은 당신의 손에 놓인 쓸모없는 장난감이 되어보는 것입니다." 어쩌고저쩌고
하는 보잘것없는 편지를 당신께 썼어요

편지를 부치기 전에 다시 읽고 얼굴이 화끈거렸어요 왜냐고요? '되는 것'과 '되어보는 것'의 차이가 하늘과 땅의 거리만큼 아득했기 때문이에요 '되기'는 뒤돌아보지 않고 계산하지 않고 당신이란 존재를 향해 내 온몸을 던져 당신의 땅에 나를 심는 일이에요 그런데 '되어보기'는 당신이 가여워서 한번쯤 내가 그렇게 해보겠다는 어설픈 만용이고 치기예요 나의 안녕과 부귀와 영화는 여기에 두고, 불쌍한 당신에게 잠시 다녀오겠다는 이야기지요 시장이 달동네를 찾아 연탄을 배달하고, 사진을 찍고 호들갑을 떠는 '체험 삶의 현장' 같은

새벽에 깨어 편지를 이렇게 고쳐 쓰게 되어서 다행이에요

“쓸모 있는 사람이 되고자 하는 사람은 너무 많으니 나의 꿈은 당신의 손에 놓인 쓸모없는 장난감이 ‘되는’ 것입니다. 나는 당신이 사랑하는 사람에게 상처받을 때마다 이 구석 저 구석 굴러다니며 당신의 발길에 채는 낡은 헝겊 인형이고 싶습니다. 그리운 당신.”

제3부

살구꽃을 보았다

벚꽃과 살구꽃의 구별이 안 되었다

팻말이 없었더라면 지나칠 뻔하였다

유난히 살구꽃에 벌들이 많았다

살구꽃에 있는 벌들의

날개 소리는 선풍기 소리 같았다

돌아와 살구꽃과 벚꽃을 분별해보니

살구꽃의 화편은

벚꽃보다 넓었고 수술은 길었다

넓어서 앉기에 좋았고

길어서 빨기에 좋았던 것이다

죽기 전에 사랑이 온다면

저런 체위를 마련해주어야 한다

할미꽃을 보았다

나이 들어,

수줍게 웃는 女子는

얼마나 고운가

눈가로, 입가로,

일제히 몰려드는,

자글자글한 파랑波浪들

제발,

고개 들어 날 좀 봐요

작약

가까이 있는 그대를

오래 만나지 못해

나는 작약꽃 활짝 핀

흙담 옆에 쪼그리고 앉았네

작약은 이승에서의 약속이

저승에 가서야 생각이 난 듯

활짝, 피어 있었네

이승의 꽃이 다 저물고 나서야

그제서야 핀 저승의 꽃 같았네

바닥이 밑천이다

실직이 오래라고 하니 누가,

그래도 용기를 가지라고 했다

나는 밑천이 바닥이라고 대답하였다

바람 부는 공원에 나가 병든 병아리처럼

봄볕을 쬐며 생각해보니

나에게는 밑천이 바닥이 아니고

바닥이 밑천이었다

나는 늘 바닥을 향하여 바닥바닥 기어가는 사람

바닥이여,

내가 일부러라도 사랑한 궁핍의 바닥이여

화원읍 설화리

우리 동네 옆 동네 이름은

화원花園이에요

화원이란 이름도 고운데

거기엔 설화리가 있어요

화원과 설화는 너무 잘 맞아서

사랑하는 연인 같아요

만약, 제가 오래 살게 된다면

저는 선생님이 지어주신

소이素履*라는 이름을 달고,

그 동네에서 아름다운 것들의

이름만 뜯어 먹고 살고 싶어요

오죽하면 오늘 새벽엔

설화리의 벚꽃 꿈을 꿨지 뭐예요

벚꽃이 눈처럼 날리는 꿈 말이죠

(겪은 꿈을 차마 말로 다 못 하겠어요)

화가에겐 색이 중요하듯

시인에게는 말이 전부예요

화원읍엔 설화리가 있어요

마치 화랑의 품에 안긴 원화 같아요

설화리는 화원에서만 잠이 들어요

설화리에 눈이 내리면

거기가 바로 화원이에요

그런데, 참 우습지요

설화리가 雪花里가 아니고 舌化里라는 것을

나중에야 알게 되었어요

혀와 말의 덧없음도 함께요

설화리는 화원에 있어요

* 소박함을 밟고 선 자리. 이성복 시인이 지어준 호(號).

봄날은 간다

사람들에게 다 털린

빈 바구니를 들고

살구꽃 안으로 들어가는

사람을 보았다

다 털린 사람에게

꽃들은,

입장료를 받지 않았다

꽃들에게 물어보자,

신의 고향은 어디인가

파

어쩌다 보니 나는 파를 사랑했네 파란波瀾, 파경破鏡, 파투破鬪, 파의 여린 대궁은 어찌하여 제 몸피보다도 크고 무거운 꽃을 머리에 이고 있을까 강변 솔밭에 누워 오래도록 너희를 생각했네 어떻게 하면 가장 낮은 바닥에 있는 너희를 파꽃처럼 밀어 올릴 수 있을까, 그래서 너희를 꽃피게 할 수 있을까, 잘못 만난 아빠를 수정하게 할 수 있을까 어쩌다 보니 나는 아빠라는 파파波波, 주름진 물결로 너희를 바다까지 밀고 가는 나는 파파

대처對處

어릴 때 달리다가,

넘어져 무르팍이 깨지면

상처 난 옆의 살을 세게 꼬집었다

아픔을 잊으려고 새 아픔을 만드는 것이다

사랑이여,

그 버릇 남 못 주고

여태껏 내가 데리고 산다

무화과다

나쁜 시는 多花無果

좋은 시는 無花果多

그래, 시는 무화과다

말복末伏

짧은 시 하나를 쓰고

오른팔이 아파

주사를 맞고 찜질을 하고

오는 길에 상추를 사고 호박잎을 샀다

검은 비닐봉지를 흔들거리며

슬리퍼를 끌고 오는 길,

할매 국숫집의 건진국시 생각이 났다

허리를 못 쓰는 아버지 보란 듯이

옆에는 이쁜 색시도 두고

두툼한 지갑도 두고

그러니

책상다리 의젓하게 허리도 펴고

국숫발을 순하게 건져 올리고 싶은 저녁,

없다, 아무도 없다

저녁이 절며 온다

노을이 저녁의 머리채를 질질 끌고

서쪽으로 사라진다

식솔食率에 대하여

식구는 함께 밥을 먹으면 되지만

식솔은 끌고 가는 것이다

허리에 식솔을 동여맨 끈이

나달나달 다 닳았다

눈을 감고 나만 믿고 따라오는 것들이여,

이제야 돌아보니

생계의 반대편으로 너무 많이 끌고 왔구나

미안하다,

구만리장천을 건너는

기러기 편대가 생각났다

흰나비

마비정馬飛亭* 평상에 엎드려 시를 쓰네

여름 하늘은 흰 구름 몇 점 띄워 놓고

저 혼자 푸르러가네

허공엔 비뚤비뚤한 글씨를 쓰며

꽃에서 꽃으로 가는 작은 나비

애인은 나를 곁에 두고도

다른 생각을 하는 듯

산들깨향을 가득 적신 나비는

자꾸 눈을 비비며 북쪽으로 날아가네

* 말[馬]의 슬픈 전설을 간직한, 대구 달성군 화원읍 벽화마을에 있는 정자.

빨래

당신과 크게 한판 싸우고 나서

집으로 돌아와 빨래를 한다

이것저것 분간 없이 한목에 넣고 돌렸다

탈수를 한 빨래를 끌어올리니

셔츠와 바지와 수건이

지들끼리 엉겨 붙어 난리다

꼬인 팔과 다리를 다시 풀어내는데

잘 되지 않았다

생각해보니 여기까지 온 것이

당신의 잘못도 내 잘못도 아니다

삶은 본래부터 엉키게 되어 있는 것

엉킨 빨래 풀어 널 듯 나를 너는 사람아,

나는 여기에 죄를 말리러 왔다

당신 앞의 볕이 참 깨끗하였다

안녕, 웰스 씨

난다 용감하고 아름다운 날갯짓이다 프랑스 남쪽 알비의 타른 강가로 비둘기들이 모여든다 도시의 먼지에 찌든 날개를 씻으려고 공중을 날던 비둘기들이 강가에 내려앉았다 날개를 씻는 몸짓들이 잔칫집 분위기다 그 강에 웰스 메기가 살고 있다 웰스의 눈은 나빠서 긴 수염이 안테나 역할을 한다 머리는 평평하고 입은 크고 넓어 무엇이든 삼킬 태세다 검은 계통의 피부엔 죽음의 반점들이 빼곡하다 비늘이 없어 마치 구렁이 같다 거대한 몸집의 웰스는 물살 한번 흩뜨리지 않고 물밑으로 조용히 다가와 목욕하는 비둘기의 발목을 단번에 낚아챈다 한번 물면 놓아주는 법이 없다 비둘기는 살기 위해 안간힘을 다해 날갯짓을 하지만 소용이 없다 죽음을 뒤로하고 한꺼번에 날아가는 비둘기들, 살려고 발버둥치는 비둘기의 날개가 만들어낸 물방울들이 수면 위에 부서진다 죽음이 데리고 가는 물살, 캄캄한 물살들 메기의 입으로 삼켜지는 비둘기의 발목이 붉다 목이 타서 물을 마시러 온 아프리카 토피영양이 악어의 입으로 삼켜지는 모습도 저랬지 아, 生은 경박輕薄한데 죽음은 깊은 잠처럼 두터워라 잠시 잠깐 비둘기의 날갯짓에 부서지는 반짝이는 生의 물방울, 죽음은 소리도 없이 낮은 곳에 엎드려 오래도록 참을 줄 알지 그리고는 공중을 나는 새들도 낚아채는 것이다 순식간瞬息間, 비둘기가 눈 한 번 깜짝할 사이에

가슴엔 물이 살고

칼라하리 사막, 거기서도 한참을 더 가면 사막꿩이 산다 이 꿩들의 아비는 매일 아침 웅덩이를 찾아온다 200킬로미터를 오가며 가족들에게 물을 길어 나른다 아비 꿩의 가슴에는 특별한 털이 있는데 거기에 물을 적신다 자기 몸무게의 4분의 1에 이르는 물을 가슴에 모아서 새끼가 있는 둥지로 가는 것이다 두 달 후에 새끼가 스스로 물을 찾아 웅덩이로 갈 때까지 아비 꿩의 여정은 계속된다 가슴 털에 물을 적시려면 시간이 걸리는데, 그러다 보면 천적인 참매에게 죽임을 당하기도 한다 그래도 사막꿩의 아비는 가슴 털에 물을 모아 새끼들에게 간다 새끼들은 아비 꿩의 가슴 털에 작은 부리를 박고 하염없이 물을 빤다 아비 새의 눈은 다시 먼지 이는 허공을 응시하는데 새끼들은 하염없이 물만 빤다

거저리 이야기

아프리카 나미브 사막의 모래언덕은 300미터나 된다 이리로 대서양의 습기를 머금은 바람이 불어오면 안개가 온 사막을 뒤덮는다 안개는 물기를 머금고 있다가 태양이 떠오르면 사라진다 갈색거저리라는 작은 곤충이 이 사막에 살고 있는데 거저리는 안개가 사라지기 전에 죽을힘을 다해 언덕을 오른다 엄지손톱 크기의 거저리에게 모래언덕은 사람으로 치자면 에베레스트 산 높이의 두 배와 맞먹는다고 한다 언덕의 꼭대기에 다다르면 거저리는 꼿꼿이 몸을 세운 채로 물구나무를 선다 그리고는 불어오는 바람을 온몸으로 맞이한다 잠시 후, 거저리의 등에 물이 맺힌다 등에 난 미세한 돌기들은 물을 거저리의 입으로 향하게 해준다 거저리는 이런 방식으로 자기 몸무게의 절반에 이르는 물을 마시고 다시 언덕을 내려간다 거저리는 이 일을 매일 반복한다 그러나 물을 마신 기쁨도 잠시 뿐이다 거저리를 언덕 중간쯤에서 기다리는 나마쿠아 카멜레온이 있다 긴 혀로 거저리를 단숨에 삼킨다 카멜레온에게 거저리는 거저 주는 물이 되는 셈이다 거저리의 죽음 앞에 무슨 말을 더 보태서 망친 시를 더 망칠 것인가

산책의 발견

새벽에 솔밭을 걸을 때

괴롭히는 소나무 한 그루가 있다

몸통이 적당해서 두 손으로 잡기 쉬웠다

잡고, 허리를 직각으로 펴서 당기며

아픈 허리를 어떻게든 달래본다

밑둥치는 끄떡도 않는데

고개를 들어 우듬지 쪽을 보니

가지와 잎들이 흔들리며 떨고 있었다

높이 사는 종족들은

아랫것들이 설쳐도

미동조차 하지 않는 줄 알았더니

오히려 가장 겁이 많고

떨림이 많은 세력이었음을

새벽의 솔밭에서 알게 되었다

안심安心을 따라가다

나는 아직 여권이 없어서
다른 나라를 가본 적이 없다

나보다 시를 잘 쓰는 시인이
병중病中이라고 들어서 무척이나 가난한 줄 알았더니
해외를 밥 먹듯이 나간다며
프라하에서 아내와 찍은 다정한 사진을
며칠 전 모임에서 보여주었다
어제는 같이 공부했던 친구가
누구나 다 아는 큰 마트의 점장이 되어
이곳으로 왔다는 연락을 받았고
오늘은 후배의 아들이 서울대에 붙었다는
전화를 받았다

중학교에 다니는 막내 놈은 방학이라서
아무데도 가지 않고 먹고 자고 먹고 잤다
나는 오늘도 밥을 하고
어제 널은 빨래를 개고 청소를 하였다

하다가, 속에서 천불이 일어
낡은 차를 끌고 무작정 집을 나왔다
앞산터널을 빠져나와 또 한참을 달리니
도로표지판에 安心이라는 글자가 보였다
세상에서 나만 뒤처지고
나만 바닥을 향하여 기어가는 줄 알았는데
安心이라는 이름을 따라가다 보니 마음이 편안해졌다
그러나 그 마음이 얼마나 오래갈까 싶어
安心이란 동네에 아주 살았으면
좋겠다는 생각도 잠시 하였다
옛날, 불안이란 이름을 가진 王도 그곳에서는
오래 살았다는데
安心이라는 두 글자만 내 비참悲慘을 마중 나온 동네,
安心을 따라갔다

간을 보다

"바람도 가다 지치면

주저앉아 울고 싶겠지

오늘은 바람이 펑펑 내린다

눈처럼"

두들겨 맞은 듯 몸은 아픈데
새벽에 시가 와서
미친놈처럼 이렇게 몇 줄 받아 적었다
아침에 다시 읽어보니
늘 그랬듯이 영 아니다
오시려거든 제대로 오시지
아니, 받아 적는 사이에
본령本領이 달아나셨던 게다
시가 내 몸에 오셔서
이 새끼가 시인이 맞는지

아닌지 간을 보고 있다

근황近況

배달 온 생수통이 찌그러졌다

반품을 하려다가 그만두었다

통이 찌그러졌지

물이 다친 건 아니기 때문이다

오래 돈을 벌지 못해서

생활이 찌그러졌다

검은 나뭇가지에서 꽃이 올라오고 있다

얼핏 보면 삭정이 같은 나뭇가지가

꽃잎 한 장 다치지 않게

세상 밖으로 꽃을 밀어올리고 있다

환하다,

生水도 콸콸 잘 쏟아졌다

산수유

옛날엔 꽃만 보았다

지금은 몸통 보고 꽃 본다

너덜너덜하였다

저 꽃 다 피우느라 그랬다

제4부

너희는 레이더 앞에서 참외나 깎아라, 우리는 싸울 테니

밥을 먹을 때도 시를 쓸 때도 기승전결이 있다
연애를 하거나 하물며 죽음을 맞이할 때도 기승전결이 있다
바람이 불고 비가 오거나 천둥이 칠 때도 마찬가지다
기승전결은 서사다, 서사는 이야기다

너는 기승전이 없이 왔다
이야기가 없이 왔다
무작정 왔다
결론으로만 왔다
통보로만 왔다

기起는 뜻을 일으키고, 승承은 이어받아 전개하며
전轉은 한 번 돌리어 변화를 주고, 결結은 마무리하는 것이다
설득은 그렇게 하고 정치도 그렇게 하는 것이다

너는 우리가 초대하지도 않았는데
무작정 와서 손님처럼 대해 주지 않는다고
행패를 부리며 오히려
우리를 불순하다고 몰아세운다

옛사람 가야인의 무덤이 별처럼 돋아 있는 별의 산 성산星山에
미사일이 온다고 통보하는 날,
참외밭 찜통하우스에서 참외를 따던 우리는
새까만 얼굴이 하얗게 질렸다
천년의 바람이 아직도 놀고 있는 성밖숲의 왕버들은 분해서 잎을 떨었고
가야산의 여신도 고개를 돌렸다

레이더가 오고 미사일이 오면
철조망이 쳐지고 전자파가 읍내를 뒤덮는다는데
아이들이 뛰어노는 운동장엔
전자파가 수영장의 물처럼 흥건히 고여 있을 텐데

어쩌나, 정말 그러면 어쩌나
벌들도 떠난 들판엔 참외꽃만 혼자서 시들어갈 텐데
성산의 고분 위의 별들도 더 이상 돋아나지 않을 것인데

어떤 것을 함부로 거칠게 다루면 그것은 천하게 되고
초대받은 손님처럼 대하면 그것은 귀하고 기품 있게 된다
너희는 우리의 삶의 터전을 함부로 대했다
우리의 노동을 거칠게 대했다
우리의 정갈한 밥상을 발로 차 엎었다
밥상을 엎는데 가만히 있을 사람이 어디에 있는가
우리는 가만히 있으라고 해서 죽는 어이없는 죽음을 수없이 보았다
이 땅에서 가만히 있으라는 말은 죽으라는 말이다

그래서 우리는 가만히 있지 않았다
법 없이도 가야산의 맑은 물처럼 살던 우리들은
군청의 앞마당으로 모여들어 촛불을 밝혔다

교복을 입고 유모차를 끌고 밀짚모자를 쓰고
땀에 젖은 수건을 목에 걸고
전쟁반대 사드반대, 사드배치 결사반대를 외쳤다
우리는 지역이기주의가 아니고
우리는 종북이 아니고
우리는 전문시위꾼이 아니고
우리는 외부세력이 아니다

우리는 기가 차서 뭉쳤고 억울해서 뭉친 사람들이다
참외도 놀라서 주먹을 쥐었다
한반도의 평화와 세계의 평화를 열망하고
전쟁을 반대하고 폭력을 반대하고 미사일을 반대하고
전자파를 미워하는 성주에서 똘똘 뭉친 내부세력이다

우리는 얼떨결에, 정말 얼떨결에 세계적인 사람들이 되었다
전쟁을 반대하고 평화를 열망하는 사람들이 주목하는
성주의 사람들이 되었다

우리는 우리가 자랑스러워 평화의 파란 리본을 만들었다
우리 성주는 이제 성지가 되었다
반전평화운동의 성스러운 땅이 되었다
너희는 우리를 함부로 대했지만
우리는 우리 스스로를 평화의 채찍으로 매질하며
강철처럼 단련되고 있는 중이다

나 오늘 울먹이며 고백한다
나는 혼자서 두 아이를 키우는 아버지다
아이들 다 키우면 성주 성산리로 내려가서
작은 집 하나 짓고 텃밭 가꾸며 살려 했다
시가 안 써지는 날이면 성산리 고분에 가서
성산 가야 옛사람의 별처럼 반짝이는 말씀도 받아쓰려
고 했다
사는 일이 숨찰 때마다 빚을 내서 마련한
성산리의 작은 집터에 이쁜 집을 짓는 꿈을 꾸었다
지금 거기엔 미사일을 모르는 나비 떼만
여름꽃 위에 나풀거리며 놀고 있다

내 집터에 미사일이 웬 말이냐,
억울해서 못 살겠다!
분해서 못 살겠다!
사드배치 철회하라!
평화세력 연대하라!

(2016년 7월 25일 경북 성주군 평화나비광장에서 낭송)

길을 막고 물어보자

길을 막고 물어보자
누가 우리의 평화를 빼앗아갔는가

길을 막고 물어보자
누가 우리의 손을 맞잡게 했는가

길을 막고 팔을 벌려 물어보자
이 싸움은 이제 우리가 이긴 것 같지 않은가

너희들이 도둑같이 숨어들어
전쟁의 무기를 들여놓겠다던
별의 산 성산에서부터 샘물은 흘렀다
곧게 뻗은 성주로를 따라 사람들이 모여들더니
순식간에 인간의 띠를 만들었다
얼굴에는 강물 같은 평화의 웃음이 넘쳐흘렀고
목이 터져라 "사드 가고 평화 오라!"를 외쳤지만
사람들의 목소리는 쉬지 않았고 종처럼 맑았다
소리 없이 소문도 없이 착하게 살던 성주의 별들이 모여

평화의 강물을 만들었다
4천여 명의 사람들이 이룩한 평화의 인간띠는
기적의 강물이었다
그저 바라보기만 하여도 벅차서
눈물만 흐르는 강물이었다

평화, 공존, 기적, 희망
이런 착한 말씀들을 모신 현수막과 깃발과 만장을 든 사람들이
대체 어디서 쏟아져 나왔는지
길목 곳곳에 손에 손을 잡고 별들이 되어 반짝였다

마을 풍물패가 북을 치며 앞장을 서고
대형 태극기와 평화나비 펼침막이 그 뒤를 따랐다
심장이 터질 것 같았다
우리가 우리를 보고 뜨거운 눈물을 흘렸다
우리가 우리를 보고 평화를 뼛속 깊이 새겼다

아, 우리가 언제 이렇게 살아 있다는 기쁨을 맛보았던가
아, 우리가 언제 이렇게 하나가 되어 보았던가
아, 우리가 언제 손에 손을 잡고 뜨거운 눈물을 흘려보았던가

어린 아이가 아빠의 목에 올라타서
"사. 드. 가. 고. 평. 화. 오. 라."고
또박또박하게 외쳤다
그 말들을 성주의 하늘은 빠뜨리지 않고 받아 적었다
생명의 마을에서 평화를 찬탈해 간 자들을
이제는 하늘이 용서치 않을 것이다

선남면의 할머니도 초전면의 어린이도
사드는 안 되는 것을 아는데 너희들만 모르니
이제는 너희들이 불쌍해 보인다

아, 사랑은 이렇게 오는가
성주 땅은 분열책동을 일삼는 너희들이 넘보기에는

평화의 힘이 너무 커진 땅이 되어버렸다
이제 너희는 우리의 상대가 아니다
쇠붙이로 짓밟기에는
우리가 너무나 부드러운 흙가슴이 되었기 때문이다
사랑으로, 단결로, 평화로, 우리는 이겨내었다
우리는 승리이고 평화이며 서로의 자랑들이다

눈물이 난다
뜨거운 눈물이 난다
이 사랑의 기억을 죽음까지 데리고 가자
이 평화의 항쟁을 역사歷史 끝까지 데리고 가자
성주의 성산포대에서 퍼올린 사랑과 평화의 샘물을
뜨거운 연대의 바다로 데리고 가자
우리가 이겼다
우리가 평화다
모두가 성주다

(2016년 8월 28일 성주군 평화나비광장에서 낭송)

저 아가리에 평화를!

방해하고 분열하는 것들이
우리를 보고 술집하고 다방하는 것들이라고 말했다

협잡하고 밀담하는 것들이
술집하고 다방하는 것들이라고 말했다

배신하고 아첨하는 것들이
술집하고 다방하는 것들이라고 말했다

개돼지라고 불린 지가 엊그제 같은데
오늘은 우리가 '것들'이 되었다
'것'은 사람을 얕잡아 부르는 말이라고
국어사전에 나와 있다

다방이 어쨌다고
술집이 어쨌다고

푸른 풀밭 같은 초전엔 다방도 많더라

월항에서 풀 베고 초전읍내에 나가서 마시는
쌍화차는 꿀맛이더라

찜통하우스에서 일 마치고
읍내에 나가서 마시는 가천막걸리는
세상에서 둘도 없는 맛이더라

니들이 정말 술맛을 아느냐,
니들이 정말로 차맛을 아느냐

그래서 어쨌다는 것이냐
술집하고 다방하는 것들이 어쨌다는 것이냐

술집하고 다방하는 것들은
촛불을 들고 사드를 반대하면 안 되는 것이냐

술집하고 다방하는 것들은
퍼붓는 빗속에서 사드 가고 평화 오라고

목이 쉬도록 외치면 안 되는 것이냐

술집하고 다방하는 것들은
손에 손을 잡고 해방의 뜨거운 눈물을 흘리면 안 되는 것이냐

그래, 우리는 술집하고 다방하는 것들이다
별고을에서 술 팔고 차를 팔아서
토끼 같은 내 새끼들 기르고 늙은 부모 모시는
술집하고 다방하는 것들이다

맨 먼저 군청 앞마당에 나와서 촛불을 밝히고
맨 마지막까지 남아서 촛농을 벗겨내던 우리가 바로
다방하고 술집하는 것들이다

쎄가 만발이나 빠질 저 양의 탈을 쓴 늑대들을 어찌해야 좋을까
무지에 신념이 붙은 저 기가 막힌 종자들을 어찌하면 좋

을까

성주의 술집이여, 일어나라!

성주의 다방아, 일어나라!

빼앗긴 평화나비광장은 비에 젖는데

빼앗긴 별의 산 성산星山도 바람에 우는데

기가 찬 저 소리를 듣고

술병도 울고 찻잔도 분노에 떠는데

성주의 술집이여, 촛불을 높이 들자!

성주의 다방이여, 촛불을 사수하자!

우리는 눈물을 뭉쳐 평화를 만드는 별고을의 사람들,

더러운 입은 가고 깨끗한 말들이여 오라!

불신은 가고 믿음은 오라!

증오는 가고 사랑은 오라!

분열은 가고 단결은 오라!

전쟁은 가고 평화여 오라!

(2016년 9월 14일 성주읍 우체국 앞에서 낭송)

니들이 이 맛을 아느냐?

깃발들이 모였다
단풍은 지고 있는데
소성리로 가는 깃발이 울긋불긋하다
평화나비의 깃발
사무여한死無餘恨의 깃발
사드반대의 대형 깃발
성주가
김천이
원불교가
일본국의 교가미사키와 교토가
천주교 서울대교구 정의평화위원회가
깃발이 되어 초전에 모였다

징소리와 북소리가
하늘을 두드리고 땅을 울렸다
풍물을 앞장세우니 만장과 깃발도 따라서 들썩인다
사드배치 결사반대!
박근혜는 퇴진하라!

새누리당 해체하라!
구호도 깃발처럼 드높다

잿빛의 하늘에 성긴 눈발이 비치는가 싶더니
눈이 온다
아, 첫눈이 오신다
평화나비의 깃발이 첫눈을 맨 먼저 받아먹는다
소성리 할매의 얼굴에도 함박웃음이 피었다
관절염 절뚝이는 다리로 깃발을 지팡이 삼아
잘도 잘도 걸으신다
눈발도 신이 났다

김천에서 온 할매 셋은 재잘대는 소녀처럼 걷는다
"이번에 사드 물리치면 우리는 원불교 믿을 거예요.
원불교가 우리한테는 참 큰 힘이라요."
눈은 펑펑 내리는데,
별고을 사람들이 내주는 따뜻한 차에도
첫눈은 내리는데,

길목의 개들도 우리를 보고 반가워서
꼬리를 흔들며 목청 높여 짖는데,
아, 가슴 저곳에서 치미는 이 뜨거움의 정체는 무엇일까

아빠가 딸아이의 손을 잡고,
빨간 잠바는 파란 잠바의 손을 잡았다
깃대는 평화를 잡고
평화는 깃대를 잡았다
누구 하나 흐트러진 발걸음 없이
평화의 발자국을 길 위에 새긴다
푸른 물이 뚝뚝 떨어질 것만 같다

걷는 이들은 이 첫눈을 눈으로 입으로 받아먹고
하늘 끝까지 신명이 뻗쳤는데,
걷다가 지칠까,
'예그린'은 아름다운 노래를 불러주신다
눈발 사이사이로 평화의 음표들이 떠다녔다

월곡지에 도착할 무렵 떡가루 같은 눈이 퍼붓는다
승복을 입은 김충환 위원장이 평화나비 깃발을 들고
풍물패 장단에 실려 덩실덩실 춤을 춘다
사드를 타파하는 춤이다
이제 "사드 타파!"는 성주 촛불의 인사가 되었다

첫눈은 퍼붓고 뜨거운 눈물은 치미는데
노란 바탕의 붉은 글씨, 사드반대도 춤을 춘다
우리가 언제 첫눈 오는 이 길을
함께 걷게 될 줄 알았을까
말들이 도란도란하다

소성리로 가는 벽소로에는
떨어진 아기사과들이 눈발을 맞고 있었다
빨갛게 튼 아기사과의 볼이 안쓰러웠다

월곡지를 지나니 눈발은 더욱 퍼붓고
소성지의 억새들도 눈을 맞으며 우리에게 손을 흔든다

소성리 마을 분들이 어묵을 끓여 놓고 기다린다
우리는 혁명에서 승리하고 돌아오는
농민군처럼 기가 올랐다
아, 눈은 내리는데
큰 솥에서 끓고 있는 어묵의 맛이 천하일미다
눈 내리는 천막 밖에서
누군가가 잡목을 끌어 와서 불을 지폈다
불은 따뜻하고
연기는 피어오르고
아, 눈은 내리고 어묵은 맛있고
뜨거운 국물 위로 다시 눈은 내리고
더 드세요, 더 드세요!
고맙습니다, 고맙습니다!
우리에게 해방이 있다면 이것이 해방이고
민주가 있다면 이것이 민주고
공화국이 있다면 이것이 공화국이다
우리는 소성리에 작은 공화국을 세우러 가는 사람들이
다

얼마나 그리웠던가
이런 해방세상이 얼마나 그리웠던가

눈발에 옷은 젖어도 사람들의 얼굴은 꽃처럼 피어났다
낯이 익은 소성리의 주민이 말했다
“소성리의 옛이름은 소야예요.”
소야邵野, 아름다운 들,
소야가 첫눈을 온몸으로 다 받아내고 있었다

어제는 이백만의 촛불이 청와대를 에워쌌다는데,
차가운 차벽을 꽃벽으로 만들어버렸다는데,
단 하나의 폭력도 단 하나의 연행자도 없는
지구상에서 가장 위대하고
평화로운 기적의 촛불이었다는데,
뇌도 없고 심장도 없는 너희들이
이 눈 내리는 소야의 벌판을 한 번이라도 걸어보았더라면

이런 패악의 정치, 치정의 정치는 하지 않았을 것인데

눈도 하얗고
떡국도 하얗다
소야의 마을회관에 오니
떡국이 끓는다.
인심이 만장滿場이다
웃음이 함박이다

나는 보았다
그 많은 떡국을 두 솥에 끓여내고
그것도 모자라서
다시 끓여낸 떡국을 주기 전에
국자로 먼저 간을 보고 내어주던
그 인심, 그 배려, 그 사랑, 공화국의 벅찬 마음을
주사 맞고 약 처먹는 포르노 정권
너희들은 죽었다 깨어나도 모를 것이다
우리 별고을 평화의 깃발들은

너희들에게 묻는다
니들이 이 맛을 아느냐?
이 해방공동체의 어묵 맛과
민주공화군民主共和郡 성주군의 떡국 맛을,
소야의 아름다운 벌판에서 온몸으로 맞는
평화의 첫눈 맛을, 니들은 아느냐?

(2016년 11월 27일 성주군 평화나비광장에서 낭송)

새들이 우리를 걱정한다

하늘에 길이 있다
새들이 어디를 다녀오는 길이다
천 리 길을 날아서 먹이를 구해 오는 중이다
지친 기색도 없이 날갯짓을 하며
허공을 새끼 생각으로 꽉 채웠다

공중에 길이 있다
말은 공중으로 나아간다
우리에게 텅 빈 공중이 없었더라면
사랑의 말을 어디에 풀어놓을 것인가

공중은 비어 있어야 한다
비어 있는 곳으로
사랑의 말들이 풀씨처럼 내려앉고
비어 있는 곳곳으로 꽃씨가 떠다닌다

공중은 인간이 점령하는 공간이 아니다
참외 같은 착한 별빛들이 돋아나는 곳이고

밤중에 길을 잃은 산짐승들이
집으로 잘 돌아가라고
달빛이 제 몸을 푸는 곳이다

하늘에 길이 있다
인간이 점령한 길이다
차가운 금속의 길이며
굉음의 길이다
사랑의 말을 가로막고
창문을 닫아걸게 하는
차단의 길이다
엄마가 아이를 부르는데
아이가 엄마의 말을 알아듣지 못하는
단절의 길이다

전투기가 뜨고 폭격기가 내려앉는 동안
평화와 사랑의 말들은 어긋난다
전투기가 뜨고 폭격기가 내려앉는 동안

공중의 새들은 길을 잃는다
엔진 속으로 새들이 들어가
비행기를 고장 나게 하는 것은
우연이 아니다
새들의 자살공격이다

자연이 있는 사진에서 인간이 건설한 문명을
손가락으로 가리고 보니 아름답다
우리는 이 세상에 잠시 다녀 가는 사람들,
못둑에 피고 지는 풀꽃보다 나을 게 없다
그러니 세상을 사는 동안에 우리는
머리 위의 자유를 마음껏 누려야 한다
우리의 머리 위로
사랑의 말들은 꽃씨처럼 떠다니고
어미 새들은 아기 새들을 데리고
공중을 마음껏 날아다녀야 한다

인간이 하늘 길을 연다고 하는데

그것은 하늘의 법을 어기는 것이다
공항을 유치한다고 하는데
그건 참 유치한 짓이다

새들이 겨울 찬바람을 맞으며 호수에 모여 앉아
머리를 맞대고 의논하고 있다
인간을 걱정하고 있다
인간이 저지를 일들을 진심으로 걱정하고 있다

(2017년 1월 24일 성주군 평화나비광장에서 낭송)

소성리의 봄

3월 18일, 소성리 평화발걸음을 다녀와서

SCENE #1

꽃이 핀다는 것은 내가
여기에 있다는 신호다
꽃이 핀다는 것은 내가
여기서 열매를 맺겠다는 다짐이다
수천 명의 신호와 다짐들이
깃발을 들고 초전에 모였다
풍물을 앞세우니 하늘도 구름을 거두며
빛에게 길을 열어주었다
봄바람에 나부끼는 성주촛불 깃발을 따라
끝도 없이 행진하는 푸른 발자국의 대오들,
모두가 환한 웃음을 머금었다
세상에, 이렇게 많은 깃발이 있었나!
세상에, 이렇게 많은 사랑이 있었나!

SCENE #2

꽃을 밀어내고 얼굴을 내민
하우스의 참외들도 신이 났다
아이들은 거름 냄새에 코를 움켜쥐고도 환하게 웃었다
참외들도 주먹을 쥐었다
"사드 가고 평화 오라!"
"사드배치 원천무효!"
"박근혜를 감방으로!"
길목 곳곳에는 먹을거리가 수북하고
가다가 행여 지칠까 노랫소리도 드높다
인심이 만장이니 깃발도 만장이다
홈실의 오르막길 애기사과나무는
천 개의 푸른 눈을 달고 천 개의 깃발을 지켜보고 있었다
인간이 기록하지 못한 역사는 자연이 몸에 새긴다
홈실 고갯마루의 애기사과나무들은
푸른 평화의 발자국 하나하나를 꽃망울에 새겼다

SCENE #3

소야의 초입 삼거리에는 전국에서 당도한
평화버스들이 깃발을 말아 놓은 듯 알록달록하다
김천에서 내려오는 깃발 깃발들,
초전에서 내려오는 끝을 모를 깃발 깃발들,
깃발의 물결이 삼거리에서 합류하자
거대한 파도가 되어 소야로 간다
마중 나온 할매들이 눈시울을 붉힌다
앞치마로 연신 눈물을 훔친다
함께 길을 걷던 옆 사람이 말했다
"할매들의 저 앞치마는 행주대첩을 완성한 행주치마가 될 거예요."
그래, 그렇지, 우리는
'소성리대첩'을 완성하러 가는 평화의 발자국들이지

SCENE #4

“사랑은 차량처럼 문제가 없는 거예요.
문제가 되는 것은 오직 운전자이며
승객이고 도로일 뿐이에요.”
나는 카프카의 문장을 가방 뒤에 붙이고 걷는다
걸으며 사랑에 대해 생각했다
사랑을 난폭하게 몰고 가는 사람들 때문에
사랑이 다쳤다
우리는 그 난폭한 운전자들에게 항의하고
면허증을 몰수하러 가는 길이다

소성리의 봄하늘 위로 구호들이 번진다
하늘이 구호들을 고스란히 다 안아준다
깃발들은 평화의 풍선들로 화답했다
떠오르는 평화,
받아주는 하늘,
소성리의 봄하늘이 울먹였다

SCENE #5

길을 빼앗기면 꿈도 빼앗긴다
평화의 순례길을 도둑질한 놈들이
이제는 철조망까지 쳤다
길을 되찾기 위해 찬서리를 맞으며
밤을 새는 사막의 은수자隱修者들이 있다
평화의 구도자들을 위해
사람들이 작은 천막 하나를 치려고 하자
그것을 때려 부순 경찰들이 소성리에 있다
전국의 깃발들이 그 야만을 다 지켜보았다
여성 활동가 한 사람이 트럭 위에서
폭력의 경찰들에 맞서며 목이 터져라
구호로 맞서 싸우고 있다
소야의 봄꽃들도 쪼막만 한 주먹을 쥐고 구호를 따라 불렀다

SCENE #6

밤이 되자 썰물처럼 깃발들이 다 빠져나갔다
할매들만 마을회관에 남아서 아픈 관절을 만진다
마을회관 앞에 세워진 낡은 유모차도 저 혼자 쓸쓸해졌다
머리띠도 풀었고 구호도 물러갔다
소야의 벌판 위로 별빛만 쏟아진다
아, 우리는 다시 버려지는 것이 아닐까,
버려져 다시 외로워지는 것이 아닐까,
우리만 남아서 길가에 드러누워 싸우는 것이 아닐까,

서러운 꿈이 물러가고 손님처럼 아침이 왔다
마을회관으로 밥이 오고 물이 오고
빵이 오고 떡이 오고 반찬이 왔다
사람들이 오고 깃발이 오고
시가 오고 노래가 왔다
너희의 봄은 이해타산의 계산으로 오지만

우리의 봄은 합산으로 온다
소야의 봄은 왁자지껄 붐빈다
소야에선 하늘과 땅 사이가 좁다
우리가 그 사이를 평화로 채웠기 때문이다
우리가 그 빈터에 사랑을 풀어놓았기 때문이다
소성리에 봄이 와야 진짜 봄이다!
소성리 할매가 웃어야 진정한 봄이다!
사드는 가고 평화는 오라!
전쟁은 가고 평화여 오라!

(2017년 4월 8일 '제2차 소성리 범국민 평화행동' 집회에서 낭송)

꽃들에게 물어보자

물어보자
여기 소성리의 꽃들에게 물어보자
너 혼자 힘으로 피었는냐고
사월의 꽃들이 봄볕에 고개를 흔든다
아니, 우리는 바람과 흙과 물의 뜨거운 동맹이야

자, 이번엔 그들에게 물어보자
성주에 꼭 가봐야 하느냐는 대권후보에게 물어보자
저 혼자 힘으로 그 자리를 차지하게 되었느냐고
여름에 시작한 평화 항쟁이 300일이 다 되어가는데,
광장에서 쫓겨나고 눈비가 퍼부어도
하루도 빠지지 않고 촛불을 들었는데,
거길 꼭 가봐야 하느냐, 이런 막말을 하는 사람을
무엇이라고 불러야 하나
물에 빠진 놈을 건져 놓았더니 내 봇짐 내놔라, 하는
이런 사람들을 우리는 어떻게 상대해야 하나
촛불을 등에 업고 권좌에 오른 자가
촛불을 밟아 뭉개려고 한다

캄캄한 길을 촛불로 밝혀 주었더니
촛불의 이름을 팔아서 권력을 차지하려 한다
다투어 피어나지만 남의 자리를 뭉개지 않는
꽃들이 혀를 차고 있다
표에만 눈독을 들이는 저 파렴치를
우리가 어떻게 심판 해야 하는지 꽃들에게 물어보자
롯데 골프장의 잔디도 미안해서 고개를 숙이고 있는데
피어나는 잔디들한테도 물어보자

소성리 할매들이 팔이 아파 반팔 만세를 부른 게 아니다
사드가 가기 전엔 봄이 봄이 아니고
평화가 오기 전엔 만세가 만세가 아니기 때문이다
"사드 때문에 지금은 사는 기 사는 기 아니야. 작은 마실 하나를 쑥대밭으로 만든 기 바로 저놈들인데. 우리가 살 날이 얼매나 남았다고 이 우환을 일으키는가 몰라. 내사마, 지가 죽든지 내가 죽든지 해볼 때까지 해볼란다"
우리가 싸워 이겨서 할매들의 나머지 절반의 팔을
활짝 들게 해드려야 한다

수천 명이 다시 모이고 깃발의 대오가 소성리를 뒤덮고
평화버스가 수백 대 달려와도
오만한 권력을 정신 차리게 하지 못한다면
우리의 싸움은 죽 쑤어 개 주는 일이 될 것이다
꽃들에게 부끄럽지 않는 항쟁이 되려면 우리는
백척간두百尺竿頭에서 다시 한 걸음을 더 내디뎌야 한다

길을 막는 할매들의 낡은 유모차가 무서워서
시누크 헬기로 전쟁의 장비를 실어 나르는 저들이야
말로
비겁한 겁쟁이지 않은가
찌그러진 세숫대야를 두드리며
사드배치 원천무효 팻말을 목에 걸고 싸우는
소성리의 할매들이 역사 앞에 더 떳떳하지 않은가

소야의 봄꽃들이 다 지켜보고 있다
평화를 능멸하고
꿈자리를 더럽힌 저들이 누구인지

소성리의 꽃들은 똑똑히 기억하고 있다

우리는 아무도 믿지 않는다
소성리의 할매들 말마따나
어떤 놈이 암까마구인지 수까마구인지 모르겠다
우리는 하우스의 참외꽃을 믿듯
자연의 섭리를 믿을 것이고,
철조망 위를 자유롭게 넘나드는
푸른 하늘의 흰 구름을 믿을 것이고,
마을회관 할매들의 반팔 만세를 믿을 것이고,
부녀회원들이 장만한 국밥의 힘을 믿을 것이다
그리고 여기 모인 깃발들의 자세를 믿을 것이다

파리떼 같은 저들이 권력의 단맛에 미치기 전에
저들을 다시 우리의 땅으로 끌어내려야 한다
우리는 어중간한 성명서 발표나 들으려고 싸우는 것이
아니다
해마다 논둑에 피어나는 쑥들에게 민들레들에게

부끄럽지 않기 위해 싸우는 것이다
어린 후손들에게 미안하지 않기 위해서 싸우는 것이다
선거의 꽃놀이패에 취해 홍청망청하는 시절에
울면서 이를 악물고 싸우는 성주의 사람들이 있다
천 길 낭떠러지 위로 평화의 길을 내는 사람들이 있다
우리는 마주 보고 웃는 맑은 거울,
꽃들을 따라 진군하는 평화와 생명의 동맹군이다
사드배치 원천무효!
사드 가면 평화 온다!
전쟁은 가고 평화여 오라!

(2017년 4월 22일 성주군 초전면 소성리 진밭교에서 낭송)

우리는 항쟁하는 사랑기계들이다

울고 있다
성주촛불이 울고 있다
성주촛불이 광장에서 울고 있다
골프장을 빼앗긴 어제는 원통하고 분해서 땅을 치며 울었지만
오늘은 '사랑으로'를 부르며 함께 울고 있다
아이도 어른도 노인도 노래를 따라 부르며 울고 있다

"내가 살아가는 동안에 할 일이 또 하나 있지
바람 부는 벌판에 서 있어도 나는 외롭지 않아
아아 영원히 변치 않을 우리들의 사랑으로
어두운 곳에 손을 내밀어 밝혀 주리라."

경찰은 26일 새벽 0시부터 소성리로 가는 모든 길목을 차단했고
노인들만 사는 작은 마을에는 8천 명의 군경이 들이닥쳤다
미군은 26일 새벽 4시 43분과 새벽 6시 50분 두 차례에

걸쳐
엑스밴드 레이더와 발사대, 요격미사일 등 사드 핵심 부품을
트레일러로 실어 날랐다
미소를 머금은 미군들은 골프장으로 유유히 사라졌다
통곡의 소리가 소성리의 아침 하늘에 번졌다

소성리 이장님의 비상사이렌이 울렸고
길에 주차된 차량의 유리창은 깨졌고
미사를 드리는 제대는 탈취당하고
원불교 교무님들은 들려 나가고
임순분 부녀회장의 앞니는 팔꿈치로 가격당하고
평화지킴이의 갈비뼈는 부러졌고
할매들은 땅을 치고 통곡하며 실신했다
불법연행은 자행되었다
모든 게 불법이었고
모든 게 폭력이었다
소성리는 군사독재의 계엄령보다 더 지독한 암흑천지

였다

평화를 강탈당한 같은 날 오후, 국회의사당 앞에서는
유력 대권후보와 한반도 비핵화구상을 지지하는 명망가들이 모여서
'천군만마 국방인 1천인 지지선언' 기자회견을 했다

불법천지 무법천지의 땅, 소성리에는
천군만마는 고사하고 단 한 명의 군사도, 단 한 마리의 말도 보태주지 않았다

이제 우리가 믿을 건 우리들의 사랑밖에 없다
성주촛불들이 부둥켜 안고 운다
우리가 우리의 온기로 몸을 녹이며
이 사랑의 항쟁을 이어나가는 수밖에 없다
성주촛불 동남청년단 이강태 팀장은 울먹이며
4월 26일 새벽을 이렇게 증언한다

"오늘 사드가 다 올라간 후에 경찰들과 대치 중에 용봉 삼거리에서 막혀서 못 들어오신 김충환 위원장님과 김형계 단장님께서 그 먼 길을 걸어서, 경찰 무리를 뚫고 들어오시면서, 제게 고생했다, 며 안아주시는데 눈물이 왈칵, 쏟아졌습니다. 지난 새벽에 저희들은 정말 힘들고 외로웠습니다."

이 말 앞에서 무슨 말이 더 필요할까
이 말 앞에 무슨 말을 더 보탤까
말들이 민들레 꽃씨보다 더 창궐하는 시절,
아무 말 없이 찾아와서
할매들 야윈 손 한번 잡아주는 온기가 우리는 그립다
거짓 울음은 통곡하는 척하지만
진짜 울음은 입을 틀어막고 운다
소성리가 울고 있다
문상도 오지 않고
명복을 빈다고 입말만 지껄이는 사람들을 성주촛불은 믿지 않는다

소성리가 군홧발에 짓밟혔다
여기 이곳의 풀 한 포기
돌멩이 하나 건드리지 마라
여기는 너희들이 짓밟는다고 고개 숙일 땅이 아니다
짓이길수록 더욱 당당하게 고개를 쳐드는 이곳은
평화의 씨앗을 가득 품은 민들레의 영토다

사랑은 기억이다
함께 웃고 울며 끈질기게 투쟁한 사랑의 기억들이다
함께 나눠 먹은 밥들의 기억들이며
함께 부른 노래들의 기억들이다
우리는 이 따뜻한 사랑의 기억만 데리고 평화의 나라로 갈 것이다
소성리 할매들이 마을회관에 병사처럼 누워서
깜빡잠을 자며 꿈길을 걷는다
'산 만데이'에 있는 미사일을 끌어내릴 꿈을 꾸신다

당신과 나 사이에 소성리가 있다
그 사이를 사랑으로 채워야 한다
사랑만이 야만의 폭력을 평화의 씨앗으로 바꿀 수 있다
사랑만이 우리를 평화의 거룩한 땅으로 데리고 갈 수 있다

소성리 사월의 민들레는
옆의 풀들에게 상처 하나 내지 않고
구만리장천을 날아간다
우리는 항쟁하는 사랑기계,
우리도 그렇게 싸울 것이다

전쟁무기 사드를 당장 철거하라!
사드 가고 평화 오라!

(2017년 5월 14일 성주군 평화나비광장에서 낭송)

우리가 사랑이다

성주촛불 300일에 부쳐

삼백 일, 삼백 일이다

삼백 일이면 엄마 뱃속에 있던 아기가
세상을 다 얻는 시간이고

빌어도 눈 하나 깜짝하지 않던 돌부처도
몸을 돌려 앉는 시간이고

성밖숲의 왕버들이 수만 개의 잎들을 달고
다시 피어나는 시간이고

소성리 할매들의 주름이 하나 더
늘어나는 시간이다

삼백 일, 삼백 일이다

우리가 외친 구호는 광화문의 구호가 되었고
우리가 밝힌 촛불은 전국의 횃불로 타올랐다

우리가 부른 노래는 항쟁의 양식이 되었고
우리가 낭송한 시들은 사랑의 피가 되었다

우리가 밝힌 촛불의 촛농을 다 끌어 모으면
작은 산 하나를 쌓고도 남았을 것이다

군청 앞마당에 무릎을 꿇고
교복을 입은 어린 딸과 함께
일인 시위를 하던 때가 엊그제 같은데
손에 손을 잡고 인간띠잇기를 하며
뜨거운 눈물을 흘리던 때가 어제 같은데

피를 적셔 쓰던 혈서도
삭발의 머리카락도
다 떠나보내고
이제 우리만 온전히 남아서
지켜온 촛불이 삼백 일이 되었다

우리의 촛불은 씨앗불이다
우리가 예언하고 일을 도모하면
원하는 대로 다 되었다
개누리당 장례식을 치렀고
박근혜의 탄핵을 외쳤다
감옥에 갈 연놈들은 감옥으로 보냈고
권좌에서 끌어내릴 놈들은 바닥으로 끌어내렸다
아직 질긴 놈 몇몇이 독사눈을 뜨고 살아 남았지만
머지않아 그들의 더러운 음모는
밝은 햇빛 아래 다 드러날 것이다

촛불을 들면서
우리는 뼈아픈 자기반성을 했고
광주가
세월호가
제주의 강정 마을이
밀양이
청도 삼평리가

평택의 대추리가
비정규직 노동자의 삶이
바로 우리 성주의 삶과 직방으로 이어져 있다는 것을
당신과 나 사이에 놓인 땅은 모두가 거룩한 사랑의 땅임을
몸으로 깨달았다

분열을 좋아하는 사람들은
우리가 경전철과 고속도로의 물질공세에
금방이라도 항복할 것 같았는지 모르지만
우리는 물질이 아니고 사랑을 믿는 사람들이다
물질만 믿으면 사랑이 도망가지만
사랑을 믿으면 물질이 저절로 온다

우리는 한여름의 땡볕과
한겨울의 북풍한설에 강철처럼 단련된 촛불들이다
외롭고 눈물 나는 시간이었지만
우리는 우리를 서로 보듬어 안아주며

여기까지 왔다
아무도 사랑의 힘에 대해 믿지 않았지만
우리는 우리의 사랑을 믿으며
울고 싶은 울음을 꽉 참고
여기까지 왔다

우리를 비웃은 사람들조차
이제는 말하지 않아도 우리의 사랑을 믿고
우리가 노래하지 않아도 우리의 노래를 이제는 듣는다
소성리로 성주로 끊임없이 이어지는
밥과 반찬과 라면과 생수들의 연대를 보아라
세숫대야라도 두드리며 평화 오라고
외치는 금연 할매의 눈물을 보아라
낡은 유모차로 미군의 트럭과 맞서며
결국은 싸워 이기는 소성리 할매들의 투쟁을 보아라
원불교 교무님의 길거리 기도와
천주교 신부님의 길거리 미사를 보아라
우리들 항쟁의 뜨거운 다큐멘터리, 〈파란나비효과〉를

보아라
아이들이 고사리 손으로 쌓아 올린 소성리 평화의 돌탑을 보아라
끝없이 이어지는 평화동맹군의 발걸음, 발걸음을 보아라

미래의 역사는 말하는 자들의 몫이 아니라
경청하는 사람들의 몫이다
어두운 구석에서 울고 있는 사람들의 말에 귀를 기울이고
허공에서 스스로 하늘 감옥을 짓고 외치는
노동자의 말을 들어주어야 한다
사람들이 썰물처럼 다 빠져나가면,
아픈 관절을 만지며 쓸쓸히 남아 있을 소성리 마을회관 할매들의
사연에 귀를 기울여야 한다

성밖숲의 왕버들이 몸을 뒤집으며 웃는다
소성리의 민들레가 웃고

소성리의 엉겅퀴가 웃고
소성리의 아카시아가 웃는다
자기들의 이야기를 들어주었기 때문이다

80명이 두려워 8,000명의 병력으로
작은 마을을 쑥대밭으로 만들고
부식트럭에 기름을 몰래 싣고
승용차 뒤에서 담요를 뒤집어쓰고
시누크 헬기로 장비를 실어 나른 저들이 움찔하며 물러나고 있다
우리가 뭉쳤기 때문이다
거짓은 겁이 많기 때문이다
거짓은 참을 이길 수 없기 때문이다
어둠은 빛을 이길 수 없기 때문이다

우리는 항쟁하는 사랑기계다
우리는 소성리 할매들의 주름을 등에 업고 싸우는 사람들이다

우리는 사랑의 기억만 데리고 평화의 나라로 가는 사람들이다
우리가 이긴다
우리는 사랑이다
할매는 웃고 사드는 울어라!
사드는 가고 평화여 오라!

(2017년 5월 20일 광주 오월문학축전에서 낭송)

산문

詩와 人生에 대한 서른 개의 짧은 생각

*

청춘의 어느 때, 대구백화점 뒷골목 술집에서 친구가 자기 애인의 토사물을 두 손으로 공손하게 받아내는 풍경을 본 적이 있다. 시인이 언어를 대하는 태도도 그러해야 한다.

*

시는 언어를 비틀어서 조합하는 자리에서 탄생한다. 언어를 비튼다는 것은 인식을 비트는 일이다. 인식을 비틀지 않고서 새로운 삶은 얻어지지 않는다. 시에 이르는 길은

새로운 삶에 이르는 길이다. 언어를 통하여 존재를 날것으로 포획하려는 시인의 이기심이야말로 시의 동력이다. 시인은 언어에 대해 이기적 유전자를 지닌 사람들이다.

*

하나의 말을 드러낸다는 것은 수천억만 개의 말을 희생시키는 것이다. 언어의 개진開陳은 곧 언어의 살해다.

*

옛날, 조부님을 따라 서커스단의 공중그네타기를 본 적 있다. 남자가 높은 곳의 줄에 매달려 여자를 던지면 여자가 손을 놓고 회전을 한다. 여자가 손을 놓은 것은 남자가 자기의 손을 다시 잡아줄 믿음이 있기 때문이다. 시의 언어도 마찬가지다. 던져진 언어를 다시 잡아줄 믿음이 있어야 한다. 나의 시는 지금 공중에 버려진 여자다. 생사生死의 경계에 버려진 서커스 곡마단의 여자.

*

좋은 시는 변죽만 쳐도 복판이 운다는데, 그것도 좋지만 복판을 쳐서 변죽을 잘 울리는 것도 좋은 시일 것 같다.

*

꽃밭에서 꽃이 꽃을 피우는 일은 꽃의 일이기도 하지만 밭의 일이기도 하다. 꽃이 병을 앓는 것은 꽃만의 잘못이 아니다.

*

숟가락이 평생을 가도 밥맛을 모르고 국자가 국맛을 모르듯이, 희생하려면 그렇게 살아야 한다. 국자하고 숟가락 같은 시를 써야 한다. 밥과 국을 그대 안에 한평생 떠 넣어 주고 싶다.

*

가지는 가지 마라는 곳으로도 뻗는다. 시의 가지도 마찬가지다.

*

시인은 말에 떠내려가고 말에 실려 가는 사람, 마침내 말에 버림받는 사람. 그럼에도 끝끝내 말을 그리워하는 사람.

*

시의 언어는 꺾어진 지점에서 한 번 더 비틀어야 한다. 레슬링 선수가 꺾은 데를 한 번 더 꺾어 상대를 제압하듯이, 관절 마디가 툭, 분질러지는 느낌이 와야 한다. 내 시는 그 지점에서 늘 실패한다.

*

사물은 발기한다. 시인은 그것을 세차게 빠는 사람이다.

*

행만 갈면 시가 되는 줄 알았다. 이만 갈면 한이 풀리지 않는다는 것을 이가 다 망가지고 나서야 알게 되었다.

*

어떤 좋은 시는 말이 말을 책임지지 않았는데도 책임 있는 땅으로 우리를 데려간다.

*

설명이 저급하면 변명이 된다. 내 시의 설명은 고위관료가 인사청문회에서 하는 싸구려 변명 같다. 변명을 걷어내지 않으면 시는 끝장이다.

*

불안을 이기려면 더 큰 불안과 손잡고. 고통을 이기려면 더 큰 고통과 손잡고.

*

미움은 미워하면서 자라고 사랑은 사랑하면서 자란다.

*

주목받기 위해서 발언하는 사람들의 말은 부메랑이 되어 돌아온다. 주목받기 위해 쓴 문장은 자신을 수혜자로 만들기도 하지만 피해자로 만들 때가 더 많다.

*

지금이 영원이다. 내일도 없고 구원도 없다. 당신은 오지 않을 것이다.

*

꿀벌은 일생에 단 한 번 침을 쏘는데, 침을 쏠 때 내장까지 빠져나와 죽는다고 한다. 시여, 시시한 내 시여. 너는 언제 내장까지 따라 나와 단 한 번 죽고 말 것인가.

*

대추는 쪼그라들며 달아진다. 그러니 시여, 더 짧아져도 된다.

*

기도드립니다. 환상이 이성을 마비시킬 수 있게 도와주소서.

*

좋은 글은 세계를 자신의 고통으로 물들인 글이 아니라, 제 몸을 뚫고 들어온 정체 모를 '그 무엇'을 해독하는 글이다. 그 해독의 과정이 고통이어야 한다.

*

비참은 내가 결정할 문제가 아니다. 대신에 비참한 자리로 가는 것은 오로지 내 의지의 문제이다.

*

아름다움의 종자는 비극에서 정자精子처럼 헤엄쳐 온다.

*

흰옷에 흙탕물이 조금 묻으면 조바심을 내지만, 옷을 반쯤 더럽히면 그땐 첨벙첨벙, 놀면 된다. 인생은 어차피 흙탕물 놀이다.

*

사과나 배는 씨앗 주변이 좀 더 단단하고 맛이 떫어서 잘 먹지 않는다. 그것 때문에 씨앗이 보호될 수 있는 것이다. 연애도 중심으로 갈수록 떫어진다. 내가 너 때문에 산다는 말은 사랑의 말이 아니고 폭력에 가깝다. 나는 나도 모르게 나를 사는 것일 뿐이다.

*

예민은 고독과 침묵의 전선 속을 흐르는 고압의 전류와 같은 것이다.

*

물안개는 물에서 피어나지만 물을 가리기도 합니다. 나는 당신 때문에 피어났지만 당신을 캄캄하게도 할 수 있습니다.

*

지난밤 나비는 젖은 날개로 어디에서 잤을까.

*

보들레르의 말마따나 불행이 섞여 있지 않은 아름다움이 무슨 소용 있을까. 아름다움은 불행으로 짜인 목도리. 여차하면 그 목도리에 목을 걸고 죽으면 된다. 그러나 나도 모르게 잠깐 세상에 와서 소리도 없이 살다 가는 것들은 얼마나 예쁘냐. 내 시도 그랬으면 좋겠다.

*

명주옷을 보라색으로 염색할 때, 검정콩을 삶아 물들인다고 해요. 검정콩물이 명주에 스며들어 보라색이 되는 것이지요. 제가 당신에게, 당신이 저에게 스민다는 건, 그런 것이죠. 한지에 먹이 번지듯, 노을이 하늘에 번지듯, 고통과 슬픔은 나누어 먹는 것이에요. 기쁨은 당신 혼자 드시고 슬픔과 고통은 저에게 주세요. 제가 보랏빛 울음을 대신 울어드릴게요. 저는 당신이 울고 가시기 가장 편한 바닥이에요.

김수상 시집
편향의 곧은 나무

초판 1쇄 발행 2017년 6월 19일

지은이 김수상
펴낸이 오은지
책임편집 변홍철
펴낸곳 도서출판 한티재 등록 2010년 4월 12일 제2010-000010호
주소 42087 대구시 수성구 달구벌대로 492길 15
전화 053-743-8368 팩스 053-743-8367
전자우편 hantibooks@gmail.com 블로그 www.hantibooks.com

ISBN 978-89-97090-74-7 03810

책값은 뒤표지에 있습니다.

이 도서의 국립중앙도서관 출판예정도서목록(CIP)은 서지정보유통지원시스템 홈페이지(http://seoji.nl.go.kr)와 국가자료공동목록시스템(http://www.nl.go.kr/kolisnet)에서 이용하실 수 있습니다. (CIP제어번호: CIP2017012891)